문학과지성 시인선 **434**

눈사람 여관

이병률 시집

문학과지성사

문학과지성사에서 펴낸 이병률의 시집

찬란(2010)
바다는 잘 있습니다(2017)
누군가를 이토록 사랑한 적(2024)

문학과지성 시인선 434

눈사람 여관

초판 1쇄 발행 2013년 9월 23일
초판 21쇄 발행 2024년 8월 20일

지 은 이 이병률
펴 낸 이 이광호
펴 낸 곳 ㈜문학과지성사
등록번호 제1993-000098호
주   소 04034 서울 마포구 잔다리로7길 18(서교동 377-20)
전   화 02)338-7224
팩   스 02)323-4180(편집) 02)338-7221(영업)
전자우편 moonji@moonji.com
홈페이지 www.moonji.com

ⓒ 이병률, 2013. Printed in Seoul, Korea

ISBN 978-89-320-2450-9 03810

문학과지성 시인선 434

눈사람 여관

이병률

2013

시인의 말

삶과 죄를 비벼 먹을 것이다.
세월이 나의 뺨을 후려치더라도
나는 건달이며 전속 시인으로 있을 것이다.

2013년 초가을
이병률

눈사람 여관

차례

1부

사람

사람을 짜서
기름이 나오면
어디에 쓸까

그 기름 짜서
하늘이 나오면
어느 강을 흐르게 할까

혼자

나는 여럿이 아니라 하나
나무 이파리처럼 한 몸에 돋은 수백 수천이 아니라
하나
파도처럼 하루에도 몇백 년을 출렁이는
울컥임이 아니라 단 하나
하나여서 뭐가 많이 잡힐 것도 같은 한밤중에
그 많은 하나여서
여전히 한 몸 가누지 못하는 하나

한 그릇보다 많은 밥그릇을 비우고 싶어 하고
한 사람보다 많은 사람에 관련하고 싶은
하나가 하나를 짊어진 하나

얼얼하게 버려진, 깊은 밤엔
누구나 완전히 하나
가볍고 여리어
할 말로 몸을 이루는 하나

오래 혼자일 것이므로
비로소 영원히 스며드는 하나

스스로를 닫아걸고 스스로를 마시는
그리하여 만년설 덮인 산맥으로 융기하여
이내 녹아내리는 하나

진동하는 사람

가끔 당신으로부터 사라지는 상상을 하는
나는 불편한 사람
불난 계절을 막 진압하고도

폭발을 멈추지 않는 사람
강의 좌안과 우안에 발을 걸치고 서서
그래도 계속해서 앞으로 가야 할 이유를 더듬는 사람

시간의 주름들 둘러쓰고도
비를 맞으면 독이 생기는 나는 누군가에게 불편한
사람

달팽이의 껍데기에 불과한
사람 그림자 모두를 타이르기엔 늦은 저녁

어쩌면 간절히
어느 멀리 멀리서 살기 위해
돌고 돌다

나를 마주치더라도
나는 나여서 불편한 사람

가끔 당신으로부터 사라지려는 수작을 부리는
나는 당신 한 사람으로부터 진동을 배우려는 사람
그리하여 그 자장으로 지구의 벽 하나를 멍들이는
사람

시는

나비를 그리는데 나비가 왔다
시를 쓰는데 시가 오지 않는 것과 다르다

책상으로 누군가 와서
대신 몇 줄을 남기고 갔으면 할 때도
창가에 두고 갔다
종이를 두고 갔다

얼룩이거나
하다못해 재라도 이어 붙였으면 할 때도 있지만
밤새 비가 와서 종이가 젖고
준비들이 흩어져 뒤집혀 있었다

말할 수 없는 저녁에
가만가만 목메는 저녁 한가운데다
나비가 두 장으로 펄럭거리며 날다가
삶에 문득 관여하여서
담벼락의 장미향들을 물러나게 하면

그것으로도 시는 아닌가
그렇다면 시는 또 미안해서 오는 것인가

오더라도 한 줄은 말고
두세 줄로 오게나

섭섭하지 않게 와
말들을 잊으면서 와
아무렇지 않은 듯

일체의 힘을 버리고 와서
모든 것과 아무것도 아닌 사이
새[鳥]로는 말고 시로 앉게나

그럴 수 없겠다는 듯
그렇게는 안 되겠다는 듯

사랑

나는 가진 것보다
가지지 않은 것을 버립니다

나는 몸에 붙어 살찐 것보다
살찔 것들을 씻습니다

나는 걸레로 닦은 것보다
걸레에 묻어날 먼지들에 관련되어 있습니다

귀로 소리를 소화시키기보다는
들리지 않는 소리를 유인합니다

붙들리는 것을 금하였으므로
길 건너를 궁금해하지 않습니다

내가 사랑입니다

그래서 물었습니다

나는 몇 평입니까

물었습니다
나는 얼마입니까

물었습니다
이제 나는 가까이 있습니까

침묵여관

나는 여기에 일 년에 한 번을 온다
몸을 씻으려도 오고 옷을 입으려고도 온다

돌이킬 수 없으려니
너무 많은 것을 몰라라 하고 온다

그냥 사각의 방
하지만 네 각이어서는 도저히 안 되겠다는 듯
제 마음에 따라 여섯 각이기도 한 방

물방울은 큰 물에 몰두하고
소리는 사라짐에 몰두한다

얼룩은 옷깃에 몰두할 것이고
소란은 소문에 몰두할 것이다

어느 이름 없는 별에 홀로 살러 들어가려는 것처럼
몰두하여

좀이 슬어야겠다는 것
그 또한 불멸의 습(褶)인 것

개들은 잠을 못 이루고 둥글게 몸을 말고
유빙이 떠다니는 바깥

몰려드는 헛것들을 모른 체하면서
정수리의 궁리들을 모른 체하면서

일 년에 한 번 처소에 와서
나는 일 년에 한 번을 몰두한다

면면

손바닥으로 쓸면 소리가 약한 것이
손등으로 쓸면 소리가 달라진다는 것을 안다
그것을 삶의 이면이라고 생각한다

아무것도 먹을 것 같지 않은 당신
자리를 비운 사이 슬쩍 열어본 당신의 가방에서
많은 빵을 보았을 때
나는 그것을 삶의 입체라고 생각한다

기억하지 못했던 간밤 꿈이
다 늦은 저녁에 생각나면서 얼굴이 붉어진다
나는 그것을 삶의 아랫도리라 생각한다

달의 저편에는 누군가 존재한다고 한다
아무도 그것을 알 수는 없고
대면한 적 없다고 한다

사람이라고 글자를 치면

자꾸 삶이라는 오타가 되는 것
나는 그것을 삶의 뱃속이라고 생각한다

불가능한 것들

모든 열쇠의 방향은 오른쪽
열리지 않으면 반대쪽

우리가 인생을 조금 더 받아먹어야 한다면
불가능한 것을 믿자
우리는 인생이 하나가 아니라고 믿는다

마음의 마음이여
내가 나로 망하는 것
모두로 인해서가 아닌 오로지 나 하나로 침몰하는
것
그리하여 죽은 것도 아니고 살아가는 것도 아닌 중
간인 것
왔던 길 말고 돌아서 왔던 길에다 삽을 부러뜨려
놓는 것

그리하여 불가능한 것들을 읽고 쓴다
두 개의 다른 열쇠로 하나의 문이 열릴 것이지만

그 문 하나로
무엇을 무엇에게 넘겨줄 것이며
누가 누구에게 들어갈 수 있단 말인가

모든 열쇠는 주사위 위에 올려져 있다
모든 예약은 불가능하다
맞추어야 할 뼈가 맞지 않는 것
그것에 대해 한번 더 불가능하다고 말해야 한다

그러니 마음의 마음이여
모든 세계는 열리는 쪽
그러나 모든 열쇠의 할 일은 입을 막는 쪽

모든 세계는 당신을 생각하는 쪽
모든 열쇠의 쓰임은 당신 허망한 손에 쥐여지는 쪽

저녁의 운명

저녁 어스름
축대 밑으로 늘어진 꽃가지를 꺾는 저이

저 꽃을 꺾어 어디로 가려는 걸까

명을 찾아가는 걸까
열을 찾아가는 걸까
꽃을 꺾어 든 한 팔은 가만히 두고
나머지 한 팔을 저으며 가는 저이는

다만 기척 때문이었을까
꽃을 꺾은 것이
그것도 흰 꽃인 것이

자신이 여기 살지 않게 되었다는 것을 소리치려는
것일까
높은 축대를 넘겠다며 가늠을 하는 것일까

나는 죽을 것처럼 휘몰아치는
이 저녁의 의문을
어디 심을 데 없어
그만두기로 한다

대신 고개를 숙이고 참으며 걸으려 한다

아름다움을 이해하려고 할 때나
아름다움을 받아내려고 할 때의 자세처럼
분질러 꺾을 수만 있다면
나를 한 손에 들고
아랫배에 힘을 주고 운명이라도 밀어야 한다

어떤 궁리

내 통장에 삼백만 원 남아 있다면
어떻게 할까 궁리하다가

그것이 아니라면 통장의 잔고가 일천만 원이면
어떨지 마음 벌렁거리다가
내가 만약 세상을 비워야 한다면 그걸 어떻게 할까
생각한다
　노부모가 스치는 김에 잠시
　그 이상이면 어떨까 침을 꼴딱 넘긴다

그래 봤자 그것으로는
덩그러니 집을 샀겠지
그 집이 비고 그래서 남게 되더라도
허공에게 주진 않을 거라면

그 소유가 당신이면 어떨까 한다
그러다 조금
그러다 멍하니

산수도 못하는 입장에서 가늠한다

나야 죽어서도 죄의 숫자를 불리느라
허둥거리겠지만
당신만은 그 집에 들어 살면서
다시는 사랑에 빠지지 않는 병에 걸리는 것

생각은 그것만으로도 참으로 절대다
그것으로 되었다

내 손목이 슬프다고 말한다

내 손목이 슬프다고 말을 한다
존재에 대한 말 같았다
말의 감정은 과거로부터 와서 단단해지려니
나는 단단한 내 손목이 슬프지 않다고 대답한다

잠들지 못하는 밤인데도 비를 셀 수 없어 미안한
밤이면
　매달려 있으려는 낙과의 처지가 되듯
　힘을 쓰려는 것은 심줄을 발기시키고 그것은 곧 쇠
락한다

찬바람에 몸을 묶고 찾아오는 불안을 피할 수 없어서
교차로에는 사고처럼 슬픔이 고인다

창가에 대고 어제 슬픔을 다 써버렸다고 말했다
슬픔의 일부로 슬픔의 전부는 가려진다고 말해버렸다

저녁에 만난 애인들은

내 뼈가 여전히 이상한 방향으로 걺어지며 건조해
져간다고 했다

손목이 문제였다
귀를 막을 때도 무엇을 빌 때도 짝이 맞지 않았다

손목 군데군데 손상된 혈관을 기우느라 밤을 지새
울 예정이다
저 바람은 슬픔을 매수하는 임무로 고단할 것이므로
나는 이제 내 손목에게 슬픔을 멈추어도 된다고 말
한다

그자

난 삶은 달걀 흰자로도 사람을 죽일 수 있어요
어느 포장마차에서 달걀을 까는 나에게 그가 말
했다
그건 힘으로 하는 일이 아니니까요

달걀 흰자에 증오를 싣고
나머지 모든 것을 다 실어요
그 사람이 죽을 수 있을 정도로
그러면 그 사람은 죽는 거예요

못이나 칼 같은
어떤 날카로운 거라면 이해할 수 있지만, 내가 말
했다

부드러움으로 사람을 기절시킬 수 있어요
정반대의 것으로 사람을 정반대할 수 있다고요

노른자를 먹다 죽은 사람도 있다는데

흰자라고 사람을 살리지 못할까, 나는 생각을 삼
켰다

쩡하니 달이 빛나는 골목길에 쪼그려 앉아 중얼거
린다
아, 무엇으로든 무엇을 할 수 있다니
그자는 나를 태어나게 할 수도 있겠군

오늘 이 밤 비린내 나는 영혼을 만났으되
큰 날카로움을 피했다

한 치도 부서질 염려 없이 고요히 둥근 달
이 무례한 달빛을 맞아
죽을 수도 있을 거란 생각이 시작된다

그토록 오랫동안 잊고 있었던 어떤 맛이
다시 시작하고픈 어떤 맛이 파문을 만든다
살갗에 닿자 살기가 느껴지는 사글사글한 맛이었다

새

새 한 마리 그려져 있다

마음 저 안이라서 지울 수 없다

며칠 되었으나 처음부터 오래였다

그런데 그다지

좁은 줄도 모르고 날개를 키우는 새

날려 보낼 방도를 모르니

새 한 마리 지울 길 없다

가늠

종이를 깔고 잤다
누우면 얼마나 뒤척이는지 알기 위하여

나는 처음의 맨 처음인 적 있었나
그 오래전 옛날인 적도 없었다

나무 밑에 서 있어보았다
다음 생은 나무로 살 수 있을까 싶어

이 별에서의 얼룩들은 알은체하지 않기로 했고
저 별들은 추워지면 쓰려고 한다

그 언젠가 이 세상에 돌아왔을 적에
그 언제 좋아하는 것으로부터 멀리 달아났을 때

이 땅의 젖꼭지를 꼭 쥐고 잠들었다
얼마나 놓지 않을 수 있을까 싶어서

알겠지만

당신 주머니 속에 손을 넣었지요
만져지는 것은 세계의 껍질이었어요
자꾸 놓쳤지요
주머니에 손을 넣으면 자꾸 손은 작아졌지요
주머니에 들어가기 위해서였지요

심장이었지요
내 손이 들어가는 데 딱 맞게 재단된 심장

가슴이었지요
그 안에는 심장과 두 쪽의 열매
그리고 그을음투성이인 냄비와 마른 벌레

빈 깡통 속 딱딱한 시간과 잠시 살아도 되겠다 싶
었지요

실은 사람이었지요
사람만이 아니기를 바랐지만

더듬었던 건
원하지 않는 숨통의 중간이었지요

모두는 다시 원점으로 되돌려져야 하지요

그런데 알고 보니 불경이었어요
깊숙이 나를 넣고 나를 열망했지요
불경의 좌우는 나를 붙잡기도
자르고 붙이기도 했어요

지금으로도 그다음으로도 그것으로 끝이었지요
내가 한 생을 살면서 읽고 사용하였던 세계는
어둠 속 구석지에서 길을 잃어
더듬더듬 기어오르려 했던
엎어놓은 계란의 반쪽 껍데기 속

당신은 알겠지만

저녁을 단련함

매일 한 차례씩 같은 시간에 모기에 물린다면
우리는 모기를 힘들어하지 않을뿐더러
그 작은 모기에게 사자처럼 굴지도 않을 것이다

꼿꼿하게 앉아도 되는 저녁이므로
지나치게 균형을 잃을 필요는 없을 것이다

매일 한 차례씩
알람을 맞춰놓고 같은 시간에 모기에 물린다면
먹고 사는 일에 다짐 따윈 필요 없을지도 모른다

남은 저녁은 좀더 단정히 피가 통할 것이며
맨발의 급소들도 순해질 수 있겠다

봉합이 필요한 시간에
모기에 물리자고 팔뚝을 내놓는다면
시간의 딱지들은 도톰해질 것이다

저녁의 바닥을 향해 서 있는 것 모두를
진창이라 여기지 않아도 되겠다

서서히 가려우므로 괜찮아진다
하물며 최선도 지나간다

피하느니
제법 지나갈 것이다

꽃제비

날은 흐립니다

간절했습니다

훌쩍 지나온 길입니다

큰 강을 건너려는데 붙잡습니다

다 건넜다고 생각했는데 강이 아니랍니다

건너지 않겠다는데 그래도 건너야 한답니다

아무 소리도 들리지 않습니다

이 모든 광채는 어제 같습니다

그래서 상관했습니다

작은 집도 안 바라며

제비꽃으로 양지 바른 곳에 무더기로 피거나

살 맞대고 따슙게 생각이라도 하자는 것

누구는 누군가를 죽이려고도 하리라는 것과 증거
조차 썩히려 할 거라는 것, 이 모두 환상방황*입니다

이 캄캄한 얼음을 붙들고 나가지 않으며

그쯤으로 수평하겠습니다

참 아름다웠습니다

* 환상방황(環狀彷徨): 악천후로 산 속에 갇혀 한 지점을 중심으
  로 원을 그리며 헤매는 행동장애.

금과 소금

저녁이 오면 어떻게 하나

아무것도 내어줄 게 없는데
바람이라도 얹어서 오면 어쩌나
가혹함을 받아낼 재간이 없는데

사형장에는 다섯 개의 버튼이 있어서
나를 비롯한 사형 집행관들은 자신이 누르는 버튼이
사형에 관여한다는 죄의식을 줄이지
누군가의 손끝에 의해
죄가 앉은 의자는 밑으로 떨어지고
누구는 마지막을 밧줄에 거는 거지

그러면 누가 금이고 누가 소금인가
누군가의 죽음에 가담한다는 것

우리 중에 산을 품은 자 금일런가
남의 가방에 뼈를 맡긴 자 소금일런가

그러니 사람이 되려고 몸부림친 한 시절 저녁은
금과 소금이 넘치고 또 남을 텐가

금과 소금이라면
무엇에 걸 건가

나 겨우 죽어야 한다면
내 죽음은
뜨거운 몸을 식혀 지뢰나 빼내려는 것이겠거니

그래서 마침내 떠나기로 한다면
그러면 이 저녁에 금과 소금으로 오는 것들은 다
어떻게 하나

여진(餘震)

다 살고 치우고 나서야 알게 된다
찬장 뒤쪽으로 휜히 나 있는 뒷문을,
그 문 뒤로는 한여름에도 눈이 펄펄 날린다는 비
밀을

한참을 열어놓고서야 알게 된다
처음의 처음까지 다 이해할 수 있음을
여진이 끝나고 나서야 알게 된다

그러고도 가끔은 자고 있는 중에 문이 열린다
열린 문이 열린다

봄날은 갈 것이다
그 사실을 보내는 동안 여름날도 갈 것이다
양손으로 상자를 받았는데 상자를 내려놓지 못하고
상자를 열게 되더라도
무엇이 뼈고 무엇이 옷이며 지도인지를 알지 못하고
우리가 죽은 다음에야 다 볼 수 있으리

뒤늦게 더듬어서라도 다 볼 수 있다면
아무것 없이도 아름다우리라고
대륙의 끝으로 자신을 끌고 가
한없이 데리고 울다 지친 이

그가 들썩일 때마다 뒷문이 울린다
조금은 알게 될 것이라고
그가 끄덕일 때마다 뒷문이 따라 열린다
비릿한 뒷일들도 문지방을 넘게 될 것이라고

갈라진 마음 끝에 빛이 들듯
그렇게 가을날도 갈 것이다

눈치의 온도

서로 좋아하는 저이들 사이에는
눈알 속에 소금기가 끼어 있는가 보다
그래서 저리도 저릿저릿하다는 듯 뛰고 있나 보다

서로서로 좋아하는 저네들 사이에는
풀 같은 것이 자라고 있어
그래서 저토록 터지도록 부비며 깎고 있나 보다

어질고 착하게 꽃들을 쓰다듬고
앙큼하게 뒷산도 오르며
저리도 좋아라 어깨 부딪히며
조금씩 조금씩 산을 훑어내리나 보다

그리하여 모든 이야기를 0에서 시작하고
사랑의 모든 시제는 미지의 것을 사용하나 보다

손으로 자신을 핥아서 스스로를 당부하고
그 손을 뻗어 여름 잎이 돋게 하는 그것은

애쓰는 일이 아니라
불빛이 닿아서 되는 일

사람이 사람을 저리도 좋아하는 것은
오장육부의 빈 골을 채우는 일 같다
손으로 닿아서 통하는 것도 아닌
연기와 연기가 서로 하는 일

혼자서는 헐렁해서
자꾸 미끄러지는 비탈
도저히 그 막막을 어쩌지 못해
흐릿흐릿 구겨진 그것을 자꾸 펴려고 하나 보다

아무한테도 아무한테도

1

그 땅에는 뽑아내고 뽑아내도 자꾸만
그 나무가 자란다고 했다
아무것도 자라지 않는 땅에
유독 그 자리에 그 나무만 자라난다고 했다

2

아무한테도 얘기하지 말라는 소릴 들었다

사랑한다면서 아무한테도 얘기하지 말라는 말만 들
었다
사랑한다는 감정의 판지를 덮고도 이토록 추운 것은
헛바닥으로 죽은 강물을 들이켜
한꺼번에 휘파람 불 수 없다는 증거

한 덩어리의 바람이 지나고
한 시대를 에워 가릴 것처럼 닥치는 눈발까지도
아무한테도 얘기하지 말라는 소리로만 들렸다

아무한테도 말하지 말라는 말만 거셌다

돌에서 물이 흐르고
그 물이 굳어 돌이 되고

그 돌에 틈바구니 생기도록
사무치고 사무쳐도

나 또한
아무한테도 아무한테도
말하지 말자는 소리만 되뇌었다

2부

북강변

나는 가을이 좋다고 말했습니다

나는 길을 잃고
청춘으로 돌아가자고 하려다 그만두었습니다

한밤중의 이 나비 떼는
남쪽에서 온 무리겠지만
서둘러 수면으로 내려앉는 모습을 보면서
무조건 이해하자 하였습니다

당신 마당에서 자꾸 감이 떨어진다고 했습니다
팔월의 비를 맞느라 할 말이 많은 감이었을 겁니다
할 수 있는 대로 감을 따서 한쪽에 쌓아두었더니
나무의 키가 훌쩍 높아졌다며
팽팽하게 당신이 웃었습니다

길은 막히고
당신을 사랑한 지 이틀째입니다

전부

이 기차는 어디로 향하는
기차입니까, 라고 묻고 싶은데
이 나라 말을 알지를 못합니다

이 기차가
어질어질한 속도로 당신을 데려가
어디에 내려놓을지를 알고 싶은데
물음은 물컹 내 귀에 도로 닿습니다

당신의 시간의 옆모습을 바라봐도 되겠다고
믿고 싶어서
발목은 춥지 않습니다

지도 위에 손가락을 올려 묻고도 싶은 겁니다
우리가 아프게 통과하고 있는 지금은 어디입니까
우리의 막다른 증거는 쟁쟁합니까

안녕, 이라는 이 나라 말만 알아서

그 말이 전부이기도 하여서
멀거니 내 아래에다 인사만 합니다

기차 밖으로 번지는 유난한 어둠이
마음에 닿으려 합니다
큰일입니다
소홀한 마음이 자꾸 닿으려 합니다

사람의 정처

물가에 떠내려온 것이 있었다
축축했고 검었으며
추워 보였고
사람이었다

어깨에 돌화살촉이 박힌 자국이 그대로여서
흔들어보았으나
그대로였다

내 손에 살점이 묻어나는 듯했다
눈가는 필사적으로 보이지 않았으며
부패 상태는 이상적이었다

신(神)은 어제부터 화가 난 듯 무엇에도 대답하지
않았다
  시신을 돌 위에 누이고 한참
  시월이었다

사랑이 왔다
탁하게 물이 흘렀다

사랑이 왔으니
사랑을 쓰란다
사랑을 쓰라는데
나는 내 다리가 가렵다

사랑을 하여서 나는 다리를 잘렸다
나를 사랑을 하여서 당신은 돌화살을 맞았다

사랑을 쓰잔다
사랑은 감히 영원이 아니라고
저리 오래 썩지 않는 것이 아니라고 적어야겠으나

멀리서부터 풀리지 않는 증거들이 떠내려왔다
사랑이 돌아서 흘러서 왔다

몸살

한번 녹으면 영원히 얼지 못하는 얼음처럼
한번 아픈 것이 영원히 낫지 않는다
낫지 않으니 축적이다
독을 내몰고 새 독을 품으려니 갱신이다

이 몸이 불길을 지킬 것이니
몸아, 몸을 귀찮게 마라

피와 식사에 애틋하게 관여하고
영혼의 물을 흘리며
우리는 조금 더 늙겠지만

어쩌면 이토록 한 사람 생각으로
이 밤이 이다지 팽팽할 수 있느냐

저리도 곡선으로 떼를 지어 할 말이 많은 것은
우리가 어쩔 수 없는 곳으로 이끌리더라도
어쩔 수 없음을 알게 되는 것이냐

어제는 단어가
오늘은 전부가 생각나지 않았다

그리고 무슨 암시가 있으려나
사랑이 끝나는 자리에 한 번쯤 미리 다녀오라고
새가 자꾸 울어대더라도
살(煞)은 절〔寺〕이어서 명치가 깊다

몸살아, 다 그만두고
어떤 연애처럼
비밀 하나 입에 넣고 열지를 말았으면
마음에 눈금을 표시해 거리를 기록해두었으면 한다
몸살아, 술잔 놓고 농담하러 가자

그러다 그러다 안 되면 허물어버린 것들이 쌓이고
묻어버린 것들은 돋아나기 시작하려나

물의 박물관

차갑고 단단한 시간
지난밤 함께 있었던 당신이 생각났다
아침이 되었다

당신은 사력을 다해 돌아왔다고 했다 여러 번 부딪
힌 술잔으로 비로소 나에게로 돌아왔음을 알았다 둘
이 오래 앉아 있기에는 어제의 자리가 외곽이었다는
사실도 떠올랐다

찾고도 기다렸던 시간을 덮느라 파도를 만들어 당
신을 밀어낸 적 있었다 어쩔 수 없이 나에게로 직진
하는 일이 그러했었다 그 파도의 맨 아랫단 상처에
밀어 넣었던 소금들을 떠올렸다 취한 당신이 나의 취
기를 바라보는 것이 차갑고 뜨거워 적잖이 놀랐기 때
문이었다

당신은 바람을 녹음해 돌아왔다고 했다 거짓 같았
다 대서양과 태평양의 합류를 바라보던 어느 절벽에

서서 모든 것을 데리고 돌아가자 결정했다고 했다 거
짓이었다 당신이 돌아왔다는데 터진 약종이에서 흘러
나온 알약이 속절없이 주머니에서 만져졌다

  아, 혼잡하다면 나는 당신이 나르는 감옥의 무게를
가만히 받으리라 그 며칠 후 며칠 밤은 당신에 관한
비밀로 가득 차 팽팽해진 집채를 받칠 것이며 이윽고
한 번도 있다고 생각해본 적 없는 영혼의 물들을 쏟
아낼 것이다 그때마다 스미는 안 좋은 예감들은 모자
라나마 아침마다 내리는 비를 섞어 잘 마르게 할 것
이다

  차갑고 뜨겁게 당신이 왔다는데
  배가 고파서 황금빛이 유난한 아침이었다

음력 삼월의 눈

한 사람과 너는
며칠 간격으로 떠났다
마비였다,

심장이, 태엽이 멈추었다

때 아닌 눈발이 쏟아졌고
눈발을 피하지 못한 사람들이 길가에서 더러워졌다

널어놓은 양말은 비틀어졌으며
생활은 모든 비밀번호를 잃어버렸다

불 옆에 있어도 어두워졌다
재를 주워 먹어서 헛헛하였다

얻어 온 지난 철의 과일은 등을 맞대고
며칠을 익어갈 것인데

두 사람의 심장이 멈추었다는데
이별 앞에 눈보라가 친다
잘 살고 있으므로
나는 충분히 실패한 것이다

사무치는 것은 봄으로 온다
너는 그렇게만 알아라

시의 지도

당신은 시를 모른다고 했다
나는 괜찮다며 알아야 할 건 시 하나가 아니라 했다
시대의 문제가 아니라 계절의 문제
시인의 문제가 아니라 바람과 나무의 문제로
나는 넘기려 했다

당신을 만나러 가는 길
당신이 저만치 앞서 걷고 있었다
전화기를 들고 누군가와 내 이야기를 하는 듯하더니
이내 나를 험담하고 있었다
이것은 세상의 양면이 아니라 세상의 둥근 면
간밤에 시를 석 줄 쓰고 잤다가
아침에 시 넉 줄 지우고 외출하는 일과도 맞먹는
일이라며 넘기려 했다

당신보다 십 분쯤 늦게 도착하려고 멈춘 공원
몸무게를 줄이기 위해 뜨겁게 토하고
그도 모자라 손톱 발톱을 깎는 어린 운동선수들이

나무 밑에 모여 앉아 있는 저녁 공원
저 청춘의 미래에는 무슨 일이 생기나

시를 모른다 하더니 나조차 모르는 당신을 앞에 두고
많은 막걸리를 마시었다
내 얼굴을 가리기엔 막걸리 잔이 좋아서였다

넘기려 했으나 쓴 찻물처럼 넘겨지지 않는 시간을
넘기고
혼자서 다시 찾은 밤 공원
손톱이 어질러진 탁자 위에 차려놓은
이 행성의 냄새

여름 감기

미안하다고 구름을 올려다보지 않으리라
좋아, 라고 말하지도 않으리라

그대를 데려다주는 일
그대의 미래를 나누는 일
그 일에만 나를 사용하리라

한 사람이 와서 나는 어렵지만
두 평이라도 어디 땅을 사서
당신의 뿌리를 담가야겠지만
그것으로도 어려우리라

꽃집을 지나면서도 어떻게 살지
좁은 골목에 앉아서도 어떻게 살지
요 며칠 혼자 하는 말은 이 말뿐이지만
모두 당신으로 살아가리라

힘주지 않으리라

무엇이 해변으로 걸어가게 하는지도
무엇으로 저 햇빛을 받아야 하는지도
무엇으로 이토록 삶에게
안내되고 있는지도 모르리라

하지만 세상에는
공기만으로도 살아가는
공기란(空氣蘭)이라는 식물이 있음을 알았으니
당신으로 살지는 않으리라

물 없이 흙 없이
햇빛도 없이
사람도 없이
나는 참 공기만으로 살아가리라

맨발의 여관

별에게 감히 말을 건 것을 용서해다오
색깔을 잘못 사용한 죄를 씻어 가다오

이 가을 하늘 지붕에다
오늘따라 몸부림치는 구름에다 빠뜨려
나를 심판해다오

바람의 가시를, 혁명의 마디를 뽑아다오

아침마다 황금빛으로 울먹였던 서리들을 분류해다오

이토록 불능하고 불가능하여 남루한 것을 모른 척
해다오
내가 먹을 밥이며 내가 발설한 배반의 혼란까지도

이 다리를 건널 수 없게
마지막으로 붉은 열매를 먹을 수 없게 힘을 가져가
다오

허공에 던졌으나 모두 붙어 떨어진
공깃돌을 흩어다오
서서히 작아지면서
서서히 덜어내게 해다오

부디 다시 태어나게 하거나
다시 태어나지 않게 해다오

소매를 체온을 손금들을 끊어다오
이 몸속 깔깔한 먼지들을 서둘러 빼내어 가다오

간신히 이해하면서 잊게 해다오

모두 베어다오
나와 당신이
죽도록 가까웠던 기적들을 마침내 거둬 가다오

아파도 가까이

나는 냄새만을 맡을 수 있는 씨앗이었다

나는 나무에 기댄 채 성장하였다

어느 번개가 나무를 쳤고 나무가 꺾였다

나는 나무의 남은 몸뚱이를 타고 올라 울울히 키를
키웠다

죽어가는 나무 냄새를 맡으며 줄기로 기고 꽃을 피
우며 몸을 늘렸다

신에게 술을 권했다

신은 나에게 감정을 나눠주었다

신은 아프게 태어난 나를 강으로 데려갈 수 없다며
나를 편애하였다

어느 멀리로 달릴 수 없는 발목을 내놓고 비를 맞
았다

신에게 말을 건넸다

신은 아파도 가까이 있으라 하였다

돌을 지고 태어난 나의 시(詩)가 씨앗 하나만을 더
가지고 돌아온다면 대신 나는 발목을 잘라 차려 놓겠다

이 실컷 울고 난 고래의 날들이 끝나기 전까지 시가
도착한다면 쓰임을 바라지는 않겠다

그 불가한 것으로도 얼마나 다행인가

이 모든 것 다행이다

마음의 기차역

기차는 떠나지 않는다, 돌아온다

바깥 한데에서 뒹구는 잎사귀들은 헤아릴 것을 찾고

힘이 큰 바람에 기차역의 철골이 진동한다

천사는 다녀가지 않는다

유독 떠나고 돌아오는 인간의 자리에 머물러 있다

어느 먼 데서 가져온 조개껍데기를 탁자에 놓고
보며 재난을 막으려는 것처럼

삼십 촉 알전구 하나씩 가슴에 품고 사는 건 옆에
와 있는 천사를 기다려서다

천사는 떠나지 않는다

천사는 연고(緣故)가 없어서 대리인이 아니라서 천
사는 가까이 있다

기차는 떠나지 않는다, 이별(離別)을 찾으러 돌아
온다

기차역 형광등이 파르르 떨면서 신발 등에 떨어진
고추장 자국을 비춘다

마음에 지나간 기차 바퀴 자국과 옛 애인에게 겨눈
잘못은 지워지지 않는다

떠나고도 오래 남아 마음의 반찬이 된다

애별(愛別)*

어떻게 된 일이길래 마을 이름이 애별인가

태어났으니 감옥이란 말인가

한 번 안았으니 이별 또한 받아들이자는 것인가

저기 저 내리는 눈발의 반은 사랑이고 또 절반은
이별이란 말인가

어제는 미안해서 오늘은 이별을 하자는 말인가

아름다웠던 날들의 힘으로 달은 뜬다는 말일까

마음을 주면 표정의 한쪽이 파인다는 말을 듣고도
한 사람 등 뒤에 영원히 앉아 있으란 말인가

한 생각이 다른 생각으로 저릿저릿할 때는 사람의
눈발을 외면하자는 말일까

세상 모든 것이 거짓이 아니기를 바란단 말인가

* 홋카이도의 어느 시골 마을 이름.

어떤 아름다움을 건너는 방법

잠을 자고 있는데 철썩 뺨을 올려붙이는 무언가
마지막 기적의 양(量)처럼
차가운 폭포를 등줄기에 쏟아붓는 무언가

눈이 내릴 것 같다

그 무언가 힘으로도 미치지 못하면서
나를 이토록 춤추게 하는 무언가

내 몸 위에는 한 번도 꽃잎처럼 쌓이지 않는 눈,
바다에도 비벼지지 않는 청어 떼 같은 눈,
태생이 함부로여서 눈은 생각이 많다

그 무언가 때문은 아닐 텐데 무언가에 의해
그 아무나 때문도 아닐 텐데 아무개에 의해

그러니까 세상 모든 그날들을 닮으면서 내리는 눈,

오늘 내린 눈을 두 눈으로 받아 녹이고서야
울먹울먹 피가 돌았다

단 한 번도 순결한 적 없이 마취된 척
한 세계를 가득 채운 냄새나 좇으며
허술한 사랑을 하려는 나여

눈이 저 형국으로 닥쳐오는 것은 내 마음이 아니란다

이 마을에서 조난을 당해서라도
서로에게 붙들려야 한다면

그 밤 모두 우리는 눈이 멀어야 한단다

낙화

그대가 일하는 곳 멀리 자전거를 세우고
그대를 훔쳐보는 일처럼

반쪽의 반쪽밖에 안 되는 나는
비겁이라는 꽃 이파리 머리에 꽂고
시시덕 시시덕 오늘도 얼마나 비겁했던가요

당신이 자전거 쪽으로 다가와
우산을 버리고 돌아설 때에도
나는 비겁을 뒤집어쓰고 몸을 돌려 서 있습니다
그 자리에 당신 그늘이 생깁니다

천 년에 한 번 사랑을 해서 그런 거라고
그게 아니라면 머릿속에 그토록 많은 꽃술이 매달
릴 수가
천 년에 한 번 죽게 될 테니 그렇게 된 거라고
아니면 그토록 한 사람의 독으로 서서히 죽어갈 수야

혼자인 것은 비겁하지 않은데
당신을 훔쳐보는 일은
당신 하는 일 앞에서 비겁한 일이어서

십 년을 백 년처럼
당신을 보러 이곳에 오고
당신은 어느 바다로 흘러가지도 않으며
무슨 일이 있는지도 모릅니다

아무도 주차할 수 없는 구역에
단독 주차하는 나를 위해
마냥 봄처럼 십 년을 당신이 있습니다

고름

나를 깎아서
바늘을 만들어야지

바늘을
발바닥에 꽂고
걸어서 가야지

누구나 문을 만들고
누구나 그 문으로 들어가는 것처럼

걸음을 디딜 때마다
생각에서 피가 날 것이고
그 생각의 끝은 더 날카롭고 뾰족한 것이 되어
내 머리를 찌를 것이라

찌른 바늘은
한 부위에 깊숙이 구멍을 파고 들어가
혈관을 따라 나를 훑을 것이니

바늘이 되어야지

피할 수 없는 것 앞에서
누구나 눈을 질끈 감듯
행여 다정을 바라지는 않으리라

다정과 한몸이 되더라도
단 한 번 삐끗하면 삐끗한 마음에 찔릴 것이라

내 바늘로 나를 꽂으리라
그러지 않으면
단 한 번 스치기만 한 그 사람의
붉고 뾰족한 것에 긁히고 휩쓸려
사정없이 곪을 테니

찬 불꽃

너가 죽으면
눈이 멀겠지

너가 죽으면
마음도 없겠지

너가 없으면
불도 켜지 않겠지

너라는 화살과 또 너라는 빈 병, 꽂히는 것과 담기
지 않는 것. 겉면의 표면이었을 그 모두, 지나가면
없겠지. 당신이 내 것이 아닐지도 모른다는 사실까지
차가워지겠지. 당신이 내 몸에 묻힌 글씨와 당분과
염분까지도 모든 것이 통하지 않겠지

너가 죽어 없으면
앉지도 않을 거며
숟가락도 녹슬겠지

너가 죽어 문드러지면
내는 없겠지

아무려나 너는 죽어도
내는 그 불 속에 살겠지

행복을 바라지 않는다

샀는지 얻었는지
남루한 사내가 들고 있던 도시락을
공원 의자 한쪽에 무심히 내려놓고는
가까이 있는 휴지통을 뒤져 신문지를 꺼낸다
신문지를 펴놓고 한 치의 망설임 없이 도시락을 엎
더니
음식 쏟은 신문지를 잘 접어 보퉁이에 챙기며 저녁
하늘을 올려다본다
행복을 바라지 않겠다는 것일까

빨래를 개고 있는지
옷감을 만지고 있는지
그녀는 옷을 쥐고 재봉틀 앞에 앉아 있다
눈이 내리는 창밖을 보는 것 같았다
만지던 옷가지들을 주섬주섬 챙겨 무릎 위에 올려
놓고는 온몸을 부르르 떨었다
그러고는 바늘로 생손가락을 찌른다
십일월 하늘에다 행복을 꿰매겠다는 것일까

어느 날 길이 나오듯 사랑이 왔다

어떤 사랑이 떠날 때와는 다르게

아무 소리 내지 않고 피가 돌았다

하나 저울은 사랑을 받치지 못했다

무엇이 묶어야 할 것이고 무엇이 풀어야 할 것인지
를 모르며 지반이 약해졌다

새 길을 받고도 가지 못하는 사람처럼

사랑을 절벽에다 힘껏 던졌다

공중에 행복을 매달겠다는 것이었을까

표정

구멍가게 좁은 벽 거울에 써서 붙여 놓은
〈잠깐, 여기는 거울입니다〉라는 글씨나

주차장 가건물 선반에 올려놓은
막 딴 수세미 열매 같은

갈증에서 물러나게 하는 것

〈대서소〉라는 한 줄 글씨가
창문들이 엇갈리게 닫히어
대소서, 라고 읽히는 것이나

흰 셔츠에 떨어진 찌개 국물 위에 올라 앉은 파리
처럼
감옥의 숨구멍에 새것 같은 말을,
바람을 부어주는 것

말할 수 없도록 인간적이어서
사람보다 더 사람 같은

고마운 것은 얼마나 고마우냐
고마운 것은 얼마나 친구인가

이사

봉투에 손을 넣어 비밀을 적자

손을 마저 잘라 봉투 안에 넣고 밀봉을 하자

함박눈

행색이 초라한 어르신
게다가 큰 짐까지 든 그 곁을 따라 걷다가
억장이 무너지는 듯하여
식사는 하셨느냐고 물어요

한 끼만 묵어도 되는데
오늘은 두 끼나 묵었으예

날은 추워
마음은 미칠 것 같아
담배나 몇 갑 사 드릴까 하고
담배는 피우시냐고 물어요

오늘은 두 끼나 묵어서
안 태워도 되이예

이제부터 낮달과 제비꽃이 배고파 보여도
하나도 그 까닭을 모를라구요

3부

그 사람은

그 사람은 나 모른대요

함께 불행해도 좋을 사람이었는데 나를 비키겠대요

하늘에 기러기 열 마리쯤 날아갈 자리 표시해두었
는데

태어나 한 사람의 불이 되기를 얼마나 바랐는데

달밤에 술 채운 적 없대요

큰불이 났는데

잇몸에서는 질금질금 간수가 새는데

잠시만 다녀오겠다며 기차 앞 칸으로 가 영영 오지
않은 사람처럼

그 사람은 가만히 나 모른대요

비정한 산책

남산을 지날 때면 점(占)이 보고 싶어진다
왜 흘린 세월이 한 번뿐이라고 생각했는지 알고 싶
어진다
꼬리가 있었는지 뿌리를 가졌는지

남산에서는 오래전을 탈탈 털어 뒤집어쓰고 끊어진
혈을 여미고 싶다
이빨이 몇이었는지 불에 잘 탔는지
모가지는 하나였는지 화석은 될 만했는지
속절없는 기미들을 가져다 멋대로 차려놓고 싶다

간절히 점을 보고 싶다
삭제된 것들의 입장들
우물쭈물하는 옛날들
세수 안 한 것들의 밤낮들
끝이 언제인지 모르면서
나에게 잘 해주지 못한 안색들

결국은 이것들로 목숨 한 칸의 물기를 마르게 할
수 있는지를

조심하라는 말은 듣고 싶지 않으며
곧 해결될 거라는 말도 아닌
어서 끝내라는 말만 듣고 싶다

풍부한 공기에 대담히 말을 풀어놓고 싶다
이 숲 나무에서는 소금 맛이 나는지
그 맛에 사람 맛이 들어 있는지를 알고 싶다

나에게 이토록 박힌 것이
파편인지 비수인지
심장에서 내몬 사람이 하나뿐인지

사람을 갖겠다 해놓고는 못 가졌으면서
훗날 다른 생에서도 사람을 갖고 싶은지까지도

출렁

리어카를 끌고 시장을 오시었다
화장을 곱게 하시었다
그리는 안 되어 보이지만 오십은 넘으셨겠다

장 볼 게 얼마나 많으면
리어카를 다 끌고 나왔을까 싶은데
리어카에 기대 서서 젊은 상인에게

파 한 단, 양파 한 망태기, 열무 세 단
그것 좀 여기 실어줘

여인네가 가고 시금치를 사면서 들었겠다
의지할 게 없으면
오래 서 있지도 걷지도 못한다는 소리를
약속이 있어도 리어카를 끌고 나서야 한다는 얘기를

그 이야기를 듣는데 이가 시렸다

출렁

시금치를 내려놓고

기차를 마련해야겠다

그런 봄

뭔가 툭툭 쳐서 돌아보니 입김이었다
단추가 덜렁거려서 떨어지나 하였는데
벚나무 아래였다

오줌을 누었다

모르고 있다가 움찔 놀라 옆을 보는데
어느 결에 왔는지 한 여인이 쭈그리고 앉아 미안해
요, 한다
여인도 오줌을 누고 있었다

과연 미안한 일인가

미안을 외로 하고 다른 먼 데를 보려 했으나
당신의 오늘은 얼마나 참았는가

미안에게 안부를 묻는 날은
오늘만은 아닐 것이기에

벚꽃을 털어내는 나무 따라
악착스레 나도 오줌을 털었다

천사의 얼룩

옆에서 심하게 울고 있는 사내가 있다
살아야 하겠는 것

누구나 울 수 있는 면허를 가지고 있는 병실

바깥의 어둠이 저희들끼리 하도 몸을 감아서
어제인가는 옆 침대에 누운 나도 잠시 울었다

어느 병실이나 어찌할 수 없는 것처럼 깊은 밤
한 존재가 운다
오늘 그가 심장의 무게를 많이 덜어냈으니 누군가
조용히 하라 해도 소용이 없겠다

퇴원하고 찾은 바닷가,
한 노인이 앉아 한없이 바다를 바라보고 있었다

소주와 북어 한 마리 놓고
한 노인이 눈발 속에 눈물 속에 굳어 있었다

얼룩도 아니고
고단한 것도 아니며
딱딱하여 불안한 것도 아닌
왜 눈물들은 모든 것의 염분인지

새들은 알까
눈을 밟고 지나가면 자신들의 자국이 남는다는 사
실을

눈 내리는 바다에 새 두 마리 어울려 춤을 추다 간
듯 보이는 발자국 어지러이 찍혀 있었다

눈사람 여관

눈사람을 데리고 여관에 가요
그러면 날마다 아침이에요

밥은 더러운 것인가
맛있는 것인가 생각이 흔들릴 때마다
숙박을 가요

내게 파고든 수북한 말 하나
이제는 조금 알 것 같아서

모든 계약들을 들여놓고
여관에서 만나요

탑을 돌고 싶을 때도 그만두고
아무것도 하고 싶지 않을 때도

내가 껴안지 않으면 당신은 사라지지요
길 건너편 숲조차도 사라지지요

등 맞대고 그물을 당기면서
다정한 이야기를 나누지 않는다면
그게 어디 여관이겠어요

내 당신이 그런 것처럼
모든 세상의 애인은 눈사람

여관 앞에서
목격이라는 말이 서운하게 느껴지는 건 그런 거지요

눈사람을 데리고 여관에 가요
거짓을 생략하고
이별의 실패를 보러

나흘이면 되겠네요
영원을 압축하기에는
저 연한 달이 독신을 그만두기에는

붉고 찬란한 당신을

풀어지게

허공에다 놓아줄까

번지게

물속에다 놓아줄까

다섯 손가락

사람은 다섯 가지로 변할 수 있다

푸르게 슬거나
안 좋게 되는 것
그리고 시드는 것
가루를 뒤집어쓰거나
입이며 몸이 부푸는 것

사람은 다섯 조건으로 화할 수 있다

명료하게 찬 기운으로
인간적이지 않게
이름을 거부하거나
흔한 우연을 낯설어하거나
비가 되거나

사람에겐 다섯 사람이 들어온다

엄청 큰 달팽이로
경계 없이
사랑이 넓은 사람이거나
몇 줄이거나
오래 바라봐야만 하는 사람이

사람은 다섯 번 죽을 수 있다

파문을 감당하지 못하거나
시들어버리는 것
그리고 정신이 나갔다 안 돌아오는 것
불에 데거나
삶을 싫어하는 것

물론 다섯 번 환생할 수도 있다
이 삶 안에서

그래서 손가락이 다섯이다

그 하나가 더 있는 건
한 번 더 연습을 할 수 있어서다

비행기의 실종

혹시 밖에는 눈이 왔는가
아, 그랬다면
막막한 배웅이 시작되었겠구나

의식이 돌아올 때마다 익숙한 흰 손이 자작나무 같
은 흰 손이 얼굴 한쪽을 지나간다
아, 그러나 애쓰는 한 시절의 사람들도 보인다
그 얼굴들 일일이 잊으며 여기까지 오느라 뻐근했다

이 기행의 시간
어쩌면 나는 지구의 허리 쪽 어디에 박힌 채로
골똘히 나는 나를 없애느라 바깥을 모를 터이니

아예 열지를 마라
모두를 덮어야 할지도 모르니

마음에 산맥을 일으켜
기어서라도 그 산을 넘으려 할 것이지만

찾지를 마라
모두를 알아야 할지도 모르니

밖에는 그럴 만한 무게로 눈이 오는가
당신이라면 그 고요를 지킬 수 있겠는가

　오던 길은 한 백 년을 대신하는 바람을 받으며 흐
를 것이므로
　내 몸에 크기대로 선을 긋고
　선을 따라 토막을 내야겠다

밖에는 눈이 내려라
간신히 나는 내 마음의 빛을 따르겠다

나는 나만을 생각하고

나는 나만을 생각하고
해가 진다
나는 나만을 생각하느라
다리를 건너다
다리에서 한없이 쉰다

우리가 우리만을 생각하는 것도 모자라
나는 나만을 생각하고
그 이유에 관여하는 것들이 우주의 속살로 썩는다

생각을 앉히고
생각 옆으로 가 앉지만
나는 지렁이

나는 나만을 생각하여서
나에게 던진 질문 따위로 흘러내리고
　그리고도 지구를 지구의 손금대로 살게 할 수 없음
을 방관하면서

해가 진다
고개를 들 수 없는 땅을
끊어지지 않는 몸으로 기어야 해서
나는 나만 생각하느라
참으로 그래서
해가 지는 것이다

그리하여 별이 멀어지면 멀어질수록
나는 한사코 나만 생각하는 것이고
아무것도 정하지 않은 채
나에게로만 가까워지려는 것이다

백 년

백 년을 만날게요
십 년은 내가 다 줄게요
이십 년은 오로지 가늠할게요
삼십 년은 당신하고 다닐래요
사십 년은 당신을 위해 하늘을 살게요
오십 년은 그 하늘에 씨를 뿌릴게요
육십 년은 눈 녹여 술을 담글게요
칠십 년은 당신 이마에 자주 손을 올릴게요
팔십 년은 당신하고 눈이 멀게요
구십 년엔 나도 조금 아플게요
백 년 지나고 백 년을 한 번이라 칠 수 있다면
그럴 수 있다면 당신을 보낼게요

내심

지하도 걷다가 어느 화원 앞이었다
화원이라는 말이 오랜만이어서 걸음이 느슨해지고
잘생긴 나무 화분 있어 멈추었다

희박해지는 공기 탓이었나
금방이라도 모든 죄를 고백할 듯 창백하구나, 사
람들

그 나무 이름이 인도 벵갈고무나무였지

그때 한 검은 사내가 나무 앞에 우뚝 선다
나는 조금 떨어져 서 있었기에
그에게 충분한 자리를 내줄 수 있었다

터번만 두르지 않았을 뿐
누가 봐도 그는 인도에서 가져온 오래된 침묵을 사
용하고 있다

그가 넓은 나무 이파리를 만지고 만지더니
가던 길을 간다
그러고는 몇 번이고 뒤돌아본다
그도 나무도
와도 너무 와버렸다는 사실 때문일 것이다

그 나무의 이름은 벵갈고무나무랬지

이번엔 나무가 사내 쪽으로 몸을 튼다
나무는 황금의 시간을 기억하기 위해
그리 하지 않으면 안 된다

사내의 몸에서 풍겼던 냄새 뭉치로 나무는 잠시 축
축하다
햇빛이 드는 것처럼 지하도는 잠시 정신이 든다

나는 내심 벵갈의 어디에 있다
지하도 걷다가

화원 앞이었다가
내심 나는 화분에 심겨 있다

세상의 나머지

왔구나

눈에 담기는 것은
뇌의 물살을 받고 마음의 파장을 받고
죄의 높낮이에 따라서도 좌우되겠지만
마음으로 오지 않고 눈[雪]으로 왔다, 너는

우박 퍼붓기 직전
격렬한 대기의 파동처럼,
만났구나
그렇게 너와 한 세기는 와서
몸살이 되고 물기둥이었다가
한곳으로 쏠려가지 않으면 안 되는 끝이 되고 마는
구나

한 세기의 폐 사진을 보았다
폐를 중심으로 많은 관(管)들이 뻗어 있는
너의 중심은 마른 나무의 가슴 같았다

관이 문제였다
관을 따라서
관 속의 녹슨 것들하고만 내통하여서
우리는 여기까지 왔다

이 생에서는 수고하며 먼지나 주워 먹고 가리라
　거만히 본전이나 보태다가 안 보일 때까지 사라지
리라

모든 죽음은 이 생의 외로움과 결부돼 있고
그 죽음의 사실조차도 외로움이 지키는 것
그러니 아무리 빚이 많더라도 나는
세상의 나머지를 거슬러 받아야겠다

그러니 한 얼굴이여, 그리고 한 세기의 얼굴이여
부디 서로 얼굴이 생각나지 않을 때까지
조금만 끌어안고 있자

저녁 길

문득 스승의 목소리가 악기를
닮았었다는 생각이 든다

햇빛의 반대 방향으로 자라는
나무였다는 생각을 한다

봄 꿈을 데려오시었다가
봄 꿈을 다 꾸지 못하고 가시는

한 사람 발소리가
홀로 두었던 빈 곽이 터지는
소리 같다는 생각이 든다

잘 도착하셨나 하여
자꾸 안쪽 먼 데를 들여다보느라
며칠째 문에 머리를 찧는다

책을 눌러놓으라시며

내게 돌을 주워 주시던
저녁 강가의 그 손길

그 후로 그 무엇이 아니라
몰래 나를 눌러놓고 있음을
이제는 아시는 그 눈길

여행의 역사

햇살은 얼마나 누구의 편인가

무사했구나 싶었는데
떠나는 거였다

계절이 오나 보다 하는데
시절이 끝나는 거였다

아버지, 오셨어요?
하는데
아니다, 나가는 길이다
하신다

마음먹은 게 아니라
모두가 마음을 놓고 가는 길이다

시계가 빨리 간다고 했더니
며칠 전부터 가지 않는 중이라 한다

꺾어져 비겁한 꽃대들만 밟히는데
우주의 물고기는 여전히 도착하는 중인가

어디를 묻는다
이 방향이 맞나요?
아니, 지나쳤습니다

쓸개의 고장이 아니다
지하에 머물고 있는 것도 아니다
치고 빠지는 바람처럼

뒤에서 자꾸 부르는데
돌아보면 아무도 없다

설국

북으로 갔습니다
흰 눈뿐인 곳에 흰 학(鶴)의 무리들이 성을 짓고
살았습니다
학의 정수리가 붉었습니다

암컷의 마음 곧기가 수놈의 것과 남달라
한번 마음을 준 수놈이 바깥에 나가 짝짓기를 하면
암컷은 분명히 기다립니다
수놈은 습성대로 바람 따라 갔던 길을 따라
다시 돌아오기도 하는데
돌아오면 암컷은 맞대는 척 몸을 기울이다가
부리로 쪼고 쪼아 수놈을 죽입니다

암컷은 그즈음부터 단단히 굶기 시작합니다
기어이는 굶어서 죽을 때까지 그래 굶으며 삽니다
자신이 무엇으로 죽는지도 모르는 암컷은
목숨이 끊기는 순간 정수리의 붉은 반점이 더욱 붉
어집니다

설국에 가서 보고 삼킨 것은
백혈(白血)의 눈밭에 드문드문 흩어진 붉은 심장
들이었습니다

사랑을 하는데 자꾸 어두웠습니다
어둡고 붉었습니다

흰

흰색이라 합시다
동네에 마을에 흰 장막이 드리워져 있다고 합시다

최초의 나무 한 그루가 우리 손발짓과
가리키는 곳을 관장한다고 합시다
손끝을 모은 한가로운 모든 것들을 흰색으로 칩시다

등대를 갖고 싶어 하는 나와
번번이 망치로 머리를 맞는 기분이 드는 당신
모두 흰색에 가담되어 있다 하자구요

삼켜도 미어지는 가슴께와
생을 세 번 거친 것과
후생을 한 번 다녀온 것
이 다행인 것 모두를 흰색이라 합시다

근본이 벌어진 틈을 타
온전히 혼자인 스스로를 설득하고

밥을 욱여넣는 것처럼 사랑할 때나
생각의 절반을 갈아 치우게 하는 달력의 일들
모두가 흰색이었다 합시다

큰 일이 아니었다 합시다
광장에 칼이 지나가는 것
흐르는 것을 어쩌지 못하고 흐르는 것
그 방향으로 모질게 시대의 허리가 굽는 것

흰색입니다

겨울

추운 이사를 했습니다
짐들을 부려놓자 성당의 종소리 바람을 만들었습니다
책을 둘 데가 없어 책장을 짜야겠다고 마음먹었습니다
한 번쯤 가봤던 목공소로 향하는 길,
버스 정류장의 나무 한 그루 기대기 좋았습니다

오랜만에 아는 체하는 목공소 사내,
새끼손가락 한 마디가 없는 것을 압니다
손가락의 안부는 탄성을 숨깁니다

칠팔 년 전 조수 시절에 내 책상을 짜면서
잃게 되었다는 이야기를 합니다
자를 가득 걸어놓은 벽을 등진 그가 웃으며 자꾸 웃으며
책장 선반의 간격을 물어오는데
봉해진 손가락 마디가 막 꽃 진 자리 같습니다

선반의 높이야
나의 뼘보다 그의 뼘에 맞으면 좋을 것이고

선반의 깊이야
붕대들을 모아놓을 정도면 그만일 것입니다

그이의 손이
내 찬 손하고
참 많이 닮았다는 생각을 숨길 수 없었던
겨울이었습니다

벽

울지 마
울지 마
옆방에서 이런 소리

울음소리 내지도 들리지도 않는데
울지 마
울지 마
이런 소리

무엇 때문이 아니라
자신의 속살을 위해 울 때도 있음을 아는 밤

할 말이 있음은 안다
몇몇 밤은 칠흑같이 어두울 것이고
내 반경은 넓게 감정을 반죽하려 들지 않겠지만
할 말 있는 사람처럼 마지막을 맞대야 하는 것쯤은
안다

가지 마
가지 마
옆방에서 이런 소리

아무도 간다 한 적 없을 것인데
가지 마
가지 마
이런 소리

딱히 누가 그러는 것도 아닐 텐데
부디 스스로를 잊고 살라며
벽에 머리를 대는 이가 있음을 아는 밤

여지(餘地)

모르는 사람을 따라 숲에 갔었지요
모르는 사람과 남쪽 큰 숲에 있었어요

집에 돌아와
저녁을 먹으려다 술병을 열었다고 적었습니다

겉옷이라도 벗으려다
눈을 감고는 한참을 있었지요

바람 많은 날들은 바람이 많이 불겠다는 예정 속에
닥치고
적요가 바닥나는 날들은
마음이 갈라질 거라는 예측 속에 그리됩니다

숲에 몸을 부린 가시나무는
절정의 풍속을 따라온 먼 별이어서
이 불안이 변하지 않을 때까지 그대로 있자는 여지
를 비춥니다

그것이 숲이라는 감정이겠지요
당신을 따라 남쪽 큰 숲에 갔었어요

이 여지를 가져도 되느냐 물으려는 참에
봇물이 푹푹 마음을 찢고 넘쳤습니다

끝 맛

끝이 좋다

누가 가르쳐주기도 전에
끝으로 가 앉으며
그것을 처먹는다

그곳을 살며
그것의 맛을 알아가느라 비굴해지기도 한다

끝을 놓지도 않으며
팔지도 못하겠는 건
끝까지 끝을 알아갈 거라는 이야기
끝이 박힌 끄트머리에도
내 정수리뼈 그 꼭대기에도 언질처럼 내려앉은

습기와 냄새로 뭉친 이 끝을 묻혀다가
가만히 나를 대보는 순간

늦지는 않을 거라 생각이 드는 건
다 끝 맛 때문이다

오갈 데 없는 끝을 끌어다
내 뼈에 짓이겨 채워서라도

나는 내 끝으로 이 끝 맛을 무섭게 알다 갈 것이다

조용한 거리(距離)

유 희 경

> "혼자 있는 내게는 아무도 접근하지 못한다."
> ― 에밀 시오랑

지금 이 순간, 나에게 시인은 단 한 명이어도 좋겠다. 내가 사랑했거나 사랑하는 시인들, 나 자신마저도 지우고 단 한 명만 남겨두어도 좋겠다. 아니 벌써 나는 그렇게 하기 시작했다. 그러자니 곁방들 하나씩 지워지고 모든 것들 그저 하얗게 된다. "손끝을 모은 한가로운 모든 것들", "흰색으로"(「흰」) 변하기 시작했다.

덧칠하지 않는 언어

지향. 그것이 시의 덕목이며 정치성이고 예술성이다. 시는 언제나 과정에 놓여 있다. 그러므로 시는 어떤 방식으로도 완성되지 않는다. 그저 향해 갈 뿐이다. 시는 사랑을 향한다. 빈 테이블을 향하고, 그 위에 올려둔 빈손을 향한다. 만지지 않고 흔들지도 않고 그대로. 시가 아름답다면, 이 때문일 것이다. 시는 어떤 결과나 완성을 목적으로 두고 꾸며대는 쓰기가 아니다. 시는 어떤 것이 될 수 없다. 되기 위해 노력하더라도, 심지어 거기에 닿게 되더라도 그 순간, 시는 그 자리에서 미끄러져 다른 것을 지향하는 화살표가 되어버리곤 한다. 이처럼 시는 언제나 결핍되어 있다. 그리고 그 부족함을 부끄러워하지 않는다. 아니, 부끄러움마저 없다. 이따금 나는, 시는 아무것도 아닌 것, 그마저 아닌 것이 아닐까, 생각한다. 가득하고도 고요하고, 고독하면서 오롯해져서는, 이병률의 새 시집을 덮어두고 나는 이런 생각에 빠져 있다.

그렇게 이병률의 시집들을 다시 꺼내 읽으며 만졌으나 어찌 표현하지 못했던 것들이 이번 시집에서 또렷해졌다고 생각했다. 그러니까,

이병률은 덧칠하지 않는다.

누구에게도 듣지도, 묻지도 않았지만 이제 나는 그것을 알 수 있다.

그는 만지지 않는다.

오래 두고, 올려다보거나 내려다보고 있다. 흔들지도 않은 채. 아니, 흔들지 않기 위해 숨도 안 쉬고 가만히. 더

어찌하지 않는다 그는. 그러나 그게 어떤 의미를 가질 수 있을까. 덧칠하지 않음이, 손대지 않음이 어떤 힘을 갖기 위해서는 더 떠올려야 할 것들이 있다.

언젠가, 그의 방이다. 무엇 때문인지 그가 자리를 비워 나는 혼자였다. 불도 켜지 않은 방에서 그의 책상은 책상으로 놓여 있고, 방을 이루고 있는 것들은 몇 마디 말로 다 표현될 만큼 간단하고 아득했다. 왜 그랬을까. 겨를도 없이 문득 나는 그의 책상 위를 쓸어보았다. 어떤 흔적들을 찾아보려는 것처럼. 창밖은 어둑어둑했고, 소음이나 불빛 같은 것들이 부석대거나 점멸하고 있었다. 그제야 나는 내가 그의 책상을 상상해왔다는 것을 깨달았고, 왜 내가 그의 책상을 몇 번씩 떠올려보았는지 모르겠다고, 생각했다.

지금 나는 그 순간에서 이병률 시의 근원을 찾고 있다. 그때 나는 왜 쓰다듬었을까. 그때 내 손에 걸렸던 것들은 무엇이었을까. 왜 그 순간, 그 자리에서 나는 그의 시를 찾고 있을까. 모든 시인이 시를 좇는 중이고, 시는 언제나 지향을 하는 것이라는 앞선 전제가 사실이라면 틀린 말도 아니겠지만 그보다 더 깊숙한 어떤 것을 나는 갈망하고 있다.

그것은, 어쩌면 영영 풀리지 않을 듯 보이는 관계의 문제일 수도 있겠다. 가령 콜트레인의 음악을 들을 때마다 내겐 그를 만나고 싶다는 열망과, 그를 만날 수 없다는 사실에서 찾아오는 절망과, 설령 그를 만난대도 그 본질은 알 수 없으리라는 체념, 나의 환영과 황홀의 정체는 그 어디에도 존재하지 않을 것이라는 본능적 뉘우침이 뒤범벅되어 떠오른다. 그것은 사랑이다. 사랑했으므로, 더 알고 싶거나 더 가까워지고 싶은 것이다. 나는 콜트레인의 음악을 사랑하듯 이병률의 시를 사랑했다. 그러나 이 얼굴 빨개지는 애정 고백은, 잠시 미뤄두자. 아무려나 나는 늘 그와 그의 시에게로 갈 수 있는 한 발짝을 기다려왔으니, 내가 그에게 느끼는 감정부터 살피는 것이 좋겠다.

잠시, 있는 사람

가끔 당신으로부터 사라지는 상상을 하는
나는 불편한 사람
불난 계절을 막 진압하고도

——「진동하는 사람」 부분

매일 작별하는 나도 사람이고 보니 매번 뒤를 돌아보지는 않는다. 이따금 보지 않는 것인지 못하는 것인지 모르겠네, 생각하는 적도 있지만 어떻게 늘상 그러할까. 그러기엔 우리는 너무 잦게 만나고 헤어진다. 그러나 이병률 시인과 함께한 뒤, 헤어질 때는 뒤돌아보듯 항상 그를 보낸다. 그가 뒤돌아보지 않는 사람이라는 것을 알기 때문이다. 이따금 내가 앞서다가 뒤를 돌아보면, 그는 사라져버렸거나, 아주 먼 곳을 보고 있었다. 그러니 나는 내가 돌아보는 감각에서 찾아오는 여러 감정을 지우기 위해 늘 그를 배웅해야 했다. 먼저 가는 그는 돌아보지 않는다. 그때마다, 내 안에 바람이 불어온다. 그래서 구멍이 생기는 것을 안다. 이상한 비유이지만, 더 좋은 표현이 떠오르지 않는다. 처음엔 이것이 아쉬움이라고 생각했다. 그런 줄 알았다. 그 까닭을 대체 모르겠다고 생각해본 적도 있었다. 한 차례, 다시 한 차례 만남이 쌓이면서 알았다. 그 감정은 그가 돌아보지 않기 때문에, 나를 의식하지 않기 때문에 생기는 것이 아니라는 것을. 그러한 감정은 더 앞선 상황에서 출발하는 것이었다. 그러니까 그는,

언제나 잠시, 있는 사람이었다.

왁자지껄한 자리에서도 단독으로 만날 때에도 그는 그 자리에 그저 잠시, 있었다. 그런 순간을 대할 때마다 나는 낯선 기분으로 내 앞을 더듬거렸다. 무엇인지 몰라서 그랬다. 모른다는 것은 혼나는 일이니까. 두렵기도 했다. 떠나려는 사람을 보는 것 같아서. 떠난다는 건 혼자가 된다는 것이니까. 그래서 나는 매번 그가 잠시, 있었다는 것을 애써 확인하려 들었다. 그가 돌아보길 바랐고, 크게 손을 흔들어주기를 바랐다. 동시에 그가 돌아보지 않은 채, 어떻게 뒷모습을 지우는지 보고 싶었다. 그게 과연 금방 사라

질 사람의 과정인 것인지 보고 싶었던 것이다.

어쩌면 간절히
어느 멀리 멀리서 살기 위해
돌고 돌다
나를 마주치더라도
나는 나여서 불편한 사람

가끔 당신으로부터 사라지려는 수작을 부리는
나는 당신 한 사람으로부터 진동을 배우려는 사람
그리하여 그 자장으로 지구의 벽 하나를 멍들이는 사람
　　　　　　　　　　　　　──「진동하는 사람」 부분

　불편. 어떤 것을 사용하거나 이용함에 있어 거북하거나
괴로운 심정을 일컫는 말. 여기에 하나 더, 어느 쪽으로도
치우침이 없다는 뜻. 어느 쪽으로도 치우치지 않으려는 우
연처럼 그러나 필연하게 "나를 마주치더라도" 붙들지 않
는 사람. 초연한 한 사람이 어째 내게는 이병률이다. 잔을
주고받듯, 말을 주고받듯 당신으로부터 사라지려는, 그러
려는 사람이다. 그것으로 울림을 주는 사람이다. 사실 진
동이라는 게 그러하지 않은가. 한 점 혹은 한 축을 두고
떨리는 것. 떨려 흔들리고 잊히지 않는 소리를 내어주는
것. 그 자리엔 나도 없고 사실상 당신도 없다. 모두 잠시,

있는 사람들이니까. 그게 시인이 지우고 쓰려는 시일 수도 있지 않을까. 비밀인데, 사실 모두가 알고 있는 비밀이기도 하지만, 시인은 말을 하는 사람이 아니다. 시인은 듣는 사람이다. 듣고 적는 사람이다. 그렇게 언어의 변방에서 놀라운 속도로(혹은 이동으로) 중심에 닿는 이다. 그들에게 언어는 도구나 수단이 아니다. 그리될 수 없다. 계시와 예감으로 가득 찬 그들은 순수 언어의 여과기이다. 그들은 각자, 자신만의 울림통을 가지고 있다. 찾아오는 순수 언어를 집어넣고 모종의 파동을 만든다. 이때 씌어지는 게 시적 언어다, 라고 나는 상상해본다. 이런 상상을 하게 만든 것은, 이번 시집을 빼곡히 채우고 있는 이병률의 언어였다. 이국의 낯선 거리에서 성당 종이 울리는 소리를 들은 적이 있다. 이런 경험이야 내게 속한 것만은 아니겠으나, 그때 나는 길을 잃어버렸던 참이었고 그 성당을 표적 삼아 길을 찾으려 했기 때문에 그 종소리를 따라갔다. 보이지 않는 종탑에서 울려오는 소리에 이끌렸던 그 순간의 경험을 나는 이 시집에서 추체험하였다. 아니 몇 차례 읽어보아도 도무지 종결이 되지 않는 시인의 네번째 시집이 내게는 그러한 종소리가 될 것이라는 예감이, 잠시 있을 것 같아 두고 뒤돌아보듯 다시 넘겨보고 또다시 넘겨보는 시집이 될 것 같다는 예감이 들었다. 그러니 여기서 시작해보자. 그가 어떻게 있는지. 이내 어떻게 사라지는지.

혼자가 된다는 것

있다,에 주목한다. 물리적으로 주체와 객체를 애써 따로 놓으려 하지 말자. 주체와 객체는 언제나 뒤바뀌게 되어 있고, 나와 너는 어느 순간을 맞이하느냐에 따라 완전히 같기도 하고 또 완전히 다르기도 하니까. 그게 아니더라도, 있다는 인식 자체는 주체를 전제로 한다. 없다면, 있을 수 없기 때문이다. 있기 때문에 있고, 있는 것이다. 그러기에 있다는 것은 스스로 온전히 혼자가 되는 행위와 다름이 아니다. 꽃은 꽃으로 있고 바위는 바위로 있고 사람은 사람으로 있으며 이는 스스로를 발견해가는 일이다. 다시 말해, '있다'는 동사가 아니라 현상적 행위이다. 있다는 것은 어쨌든 혼자를 증명하는 방법이다. 있다는 것은 본질적으로 혼자가 된다는 뜻이다.

스스로를 닫아걸고 스스로를 마시는
그리하여 만년설 덮인 산맥으로 융기하여
이내 녹아내리는 하나
—「혼자」부분

내가 사랑입니다

그래서 물었습니다
나는 몇 평입니까

물었습니다
나는 얼마입니까

—「사랑」 부분

    앞에서 나는 이병률 시인을 잠시 있는 사람,으로 생각
한다고 말했다. 실제로 그는 다정하다. 마주하는 사람이
어색해하지 않도록 배려하고 생각한다. 동시에 그는 잠시
있는 사람으로서 온전히 혼자가 되려는 관성을 거부하지
않는다. 그는 '있다', 그렇게. 그건 스스로에 대한 몰두이
다. 떠밀려 온전히 혼자가 된다. 이번 시집 곳곳에서 그런
흔적이 발견된다. 그가 자주 떠나는 여행도 혹시 그러한
과정이 아닐까. 언제나 "스스로를 닫아걸고 스스로를 마
시는" 중인 것이다. 어쩌면 그는 이를 통해 발견했는지도
모른다. 자신을 철저하게 바깥으로 밀어내는 낯선 곳을 찾
지 않아도, 그러한 낯선 곳의 바람과 빛, 사람과 낮밤을
빌리지 않아도, 온전히 혼자가 되는 방법을. 그렇게 자신
을 둘러볼 수 있게 만드는 방법을 알게 된 것인지도 모른
다. "그리하여 만년설 덮인 산맥으로 융기하"고 스스로 자
신이 "몇 평"인지 "얼마"인지 확인하는 과정을 수렴하는
것이다. 그러한 흔적이 과연, 자폐의 과정일까. 닫아걸고,

140

조금의 틈입도 허락하지 않는 사람이 되는 것일까. 그랬다면 그는 시집을 쓰지 못했을 것이다. 아니 지금의 그로 살아가지 못할 것이다. 그러니 "이내 녹아내리는 하나"가 되고 스스로 "사랑"이 되는 것 아니겠는지. 그가 혼자가 되는 과정은, 자신의 있음을 확인하는 일이다. 자신을 발견하는 일은, 타인을 발견하게 되는 것과 다름이 아니다. 이것은 역설이 아니다. 자연스러운 흐름이다. 그리고 이 과정은 그간 이병률 시인의 시에서 언제나 중요한 한 줄을 담당하고 있다. 지금까지와 차이가 있다면, 그가 이젠 어디에도 의존하지 않으려 한다는 것이다. 자립도 성장도 아니다. 발견도 아니다. 내면에 방을 하나 만드는 일이다. 그 방을 자신이 원하는 색으로 칠하고, 잠시 그 안에서 오롯하게 집중하고 생을 단단하게 만드는 일이다.

나는 여기에 일 년에 한 번을 온다
몸을 씻으러도 오고 옷을 입으려고도 온다

돌이킬 수 없으려니
너무 많은 것을 몰라라 하고 온다

그냥 사각의 방
하지만 네 각이어서는 도저히 안 되겠다는 듯
제 마음에 따라 여섯 각이기도 한 방

[······]

어느 이름 없는 별에 홀로 살러 들어가려는 것처럼
몰두하여
좀이 슬어야겠다는 것
그 또한 불멸의 습(褶)인 것
　　　　　　　　　　　　　—「침묵여관」 부분

　"일 년에 한 번"이다. 그가 이곳에 찾아오는 것은. 너무
많은 것을 몰라라 하고 그냥 사각의 방이면서 사각의 방이
아닌 이곳에 와서 몰두한다. 나에게로의 몰두. 나는 이것
을 말하고 싶었다. 방의 바깥은, 그야말로 바깥의 것으로
가득하다. 그에게 필요한 것은 몰두이므로, 지금 나를 채
우고 있는 소리와 소식에 귀를 기울이는 것이므로, 가만히
몰두한다. 나는 이제 그가 돌연 침묵하는 까닭을, 그리하
여 먼 곳으로 가버린 듯한 그의 낯선 표정을 이해할 수 있
을 것만 같아서, 그러한 순간순간을 되떠올려본다.

　　이토록 불능하고 불가능하여 남루한 것을 모른 척해다오
　　내가 먹을 밥이며 내가 발설한 배반의 혼란까지도
　　　　　　　　　　　　　—「맨발의 여관」 부분

어쩌면 이병률 시인은 아무것도 남기지 않으려는 것이
다. 아니 아무것도 남길 것이 없기를 바라는 것이다. 자신
을 둘러싼 모든 것을 내려놓으려 할 때, 그제야 비로소 오
롯한 사람이 될 수 있는 것이라 믿는 것일까. 그리하여
"부디 다시 태어나게 하거나/다시 태어나지 않게"(「맨발의
여관」) 되도록 바라게 되는 것일까. 나는 그렇게 생각한
다. 그리고 나는 이것이, 그가 시를 대하는 태도이자, 그
의 변하지 않는 습관이라고 생각한다. 혼자가 된다는 것,
그것이 이병률에게는 시이다. 사람이 되는 일, 그것이 시
인이 되는 일이다.

　그러므로 그가 머무르고, 머무르길 바라는 곳은 여관.
잠시 머무르는 곳이다. 고단을 눕히고, 손등을 이마에 붙
이게 되는 곳이다. 작은 소리도 민감하게 들을 수 있는 곳
이다. 마음이 고요해지는 곳이다. 그 고요를 어디에 쓸 것
인가 내심 고민하게 되는 곳이다. 내가 사는 곳에서 동떨
어져 있는, 어찌되었든 한 번쯤은 들르게 되는 곳이다. 스
스로, "세상의 나머지"가 되는 곳이다. 그런데 그 세상의
나머지는 세상의 모든 것이 되기도 한다. 나를 통과하여
지나가는 것들이 모두 만나는 곳.

　　우박 퍼붓기 직전
　　격렬한 대기의 파동처럼,
　　만났구나

그렇게 너와 한 세기는 와서
몸살이 되고 물기둥이었다가
한곳으로 쓸려가지 않으면 안 되는 끝이 되고 마는구나

〔……〕

모든 죽음은 이 생의 외로움과 결부돼 있고
그 죽음의 사실조차도 외로움이 지키는 것
그러니 아무리 빚이 많더라도 나는
세상의 나머지를 거슬러 받아야겠다

그러니 한 얼굴이여, 그리고 한 세기의 얼굴이여
부디 서로 얼굴이 생각나지 않을 때까지
조금만 끌어안고 있자

—「세상의 나머지」 부분

문득, 그런 생각을 하게 된다. 여관이라는 단어를 만날
때마다 나는, 그 속에서 혼자 있다. 둘이나 셋이 있어도
될 텐데, 꼭 그러하다. 그렇게 남은 자리를 더듬거나 쓸어
보게 되는 것인데, 그럴 때마다 어쩌면 나는, 나의 바깥
모든 것을 생각하게 되는 것인지도 모르겠다. 그것이 "빚"
이더라도 나는 그 "나머지를 거슬러 받"고, 그저 "조금만
끌어안고" 있어보고 싶은 것이다. 그렇게 하여 나를 혼자

두고 싶어 하는 것인지도. 그렇게 확인하고 또 받고 싶은 것일지도 모르겠다. 어떤 것이어도 좋았겠지만 어느 순간 여관이 아니고서는 아니 되었던 것이다. "이해하면서 잊게 해"달라 간청하게 되는 홀로 남아 있어야 하는 곳이다. 그것은 모순이다. 불가능한 일이며, 그 불가능은 슬픔의 것이다. 치밀어 올라오는 것. 내게 허락되지 않은 것 앞에서의 감정.

불가능한 슬픔

그리하여 불가능한 것들을 읽고 쓴다
두 개의 다른 열쇠로 하나의 문이 열릴 것이지만
그 문 하나로
무엇을 무엇에게 넘겨줄 것이며
누가 누구에게 들어갈 수 있단 말인가
—「불가능한 것들」 부분

동시에 모든 감정이 그러하듯, 슬픔에게도 방향이 있어서, 이쪽에서 저쪽으로, 내 쪽으로 혹은 당신 쪽으로 전달된다. 모든 감정이 그러하듯, 슬픔에게도 고이는 힘이 있어 넘실대도록 차오르기도 한다. 그러나 슬픔만 한 깊이를 가지게 되는 감정은 어디에도 없고, 그러므로 슬픔은, 참

현묘하고도 차분한 것이다. 그것은 투명하여 세상에 대한 관점을 여실히 드러내며, 그것이야말로 순수를 담아두게 되는 일이다. 그 감정은 서로 다른 두 개를 하나로 모으려 한다. 태초에 하나였으나 두 개로 갈라진 어떤 것이다. 하나 "누가 누구에게 들어갈 수 있단 말인가." 누가 누구와 오롯하게 묶일 수 있단 말인가.

찾고도 기다렸던 시간을 덮느라 파도를 만들어 당신을 밀어낸 적 있었다 어쩔 수 없이 나에게로 직진하는 일이 그러했었다 그 파도의 맨 아랫단 상처에 밀어 넣었던 소금들을 떠올렸다 취한 당신이 나의 취기를 바라보는 것이 차갑고 뜨거워 적잖이 놀랐기 때문이었다

—「물의 박물관」 부분

이병률은 타인의 일, 타인의 기억, 타인의 마음에 상처를 받는다. 그러나 그는 놀랄 뿐 상처를 핥지 않는다. 그리 두고 그는 그냥 있다. 그는 관여하거나 간섭하지 않고 그냥 두고 듣거나 본다. 만져보고 곰곰 깊이 생각에 빠진다. 그것이 병이건, 사랑이건, 미움이나 아픔이건 그것이 마치 더 어찌할 수 없는 것이라도 되는 것처럼 지켜보고 "혼잡하다면 나는 당신이 나르는 감옥의 무게를 가만히 받으리라"(「물의 박물관」) 하고 받아들이는 것이다. 그것은 그가 어쩔 수 있는 것이 아니다. 언제나 사람에게 타인이

란, 그 안에서 파생되는 관계란, 관계의 심정이란 아무것
도 자라지 않는 땅에, 이상하게도 뽑아도 자꾸자꾸 자라나
는 나무처럼 자라나는 어떤 것이다.

> 그 땅에는 뽑아내고 뽑아내도 자꾸만
> 그 나무가 자란다고 했다
> 아무것도 자라지 않는 땅에
> 유독 그 자리에 그 나무만 자라난다고 했다
> ──「아무한테도 아무한테도」 부분

　타인에게서 오는 감정이란 이처럼 지독한 그리움이고 슬
픔이지만, 그것은 또한 사람의 일. 단절도 회피도 답이 아
니다. 슬픔을 정면으로 대하는 것. 사람이 되어, 그 감정을
품는 일. 그렇다면 슬픔은 사람을 무너뜨리는 외압이 아니
라, 사람의 마음을 키우는 내면의 힘이 될 수 있을 것이다.
그것은 사람의 일이므로. 그러니까 이병률의 슬픔은, 힘이
다. 불가능성 앞에서 그는 슬픔을 느끼지만, 그것은 그를
절망시키는 것이 아니라, 그가 분리되어 있음을 직시하게
만드는 힘이다. 슬픔을 이기지 못하여 회피하는 것이 아니
라, 혹은 그 속으로 빠져들어 가는 것이 아니라, 그것을 쥐
고, 그 힘으로 서 있는 사람이 되어간다. 이제 이병률 시인
은 슬픔의 힘으로 아낌없는 혼자가 되기 위하여 어떤 것을
끌어안고, 그 너머의 소리를 듣는다. 너무도 사랑하여 그

는, 많은 단어를 보듬어 안는다. 그것을 풀어놓고, 오래오래 쪼그려 앉아 있다. 너무도 사랑하여 그것은 낫지 않는 병이다. 아니, 나을 생각이 없는 병이다. 말을 듣는다. 말을 듣고, 오래 생각한다. 비로소 혼자가 된다.

혼자서는 헐렁해서
자꾸 미끄러지는 비탈
도저히 그 막막을 어쩌지 못해
흐릿흐릿 구겨진 그것을 자꾸 펴려고 하나 보다
　　　　　　　　　　　　　　―「눈치의 온도」 부분

눈사람의 여관

이제 마지막으로 나는 잠시,를 생각한다. 잠시라는 것은 시작과 끝이 있는 시간의 틀. 그러나 잠시의 길이는 아무도 모른다. 정확한 범주는 없다. 어쩌면, 이 우주의 역사도 잠시일 것이다. 내 손이 당신의 손을 잡는 그 순간이 영원이 될 수 있듯이. 잠시와 영원, 시간에 대한 이 두 정의는 한 주체의 관념 안에 존재하므로 감상이 섞이기 쉽겠지만, 적어도 지금 이 순간에 나는, 그런 것 따위는 조금도 괘념치 않기로 한다. 내가 이병률 시인을 생각할 때 떠오르는 잠시,라는 단어는, 마치 눈사람을 보는 것과 같은 감정이다. 시간과 감각의 바깥에 놓인 눈사람.

눈사람을 데리고 여관에 가요
그러면 날마다 아침이에요

밥은 더러운 것인가
맛있는 것인가 생각이 흔들릴 때마다
숙박을 가요

내게 파고든 수북한 말 하나
이제는 조금 알 것 같아서

모든 계약들을 들여놓고
여관에서 만나요

탑을 돌고 싶을 때도 그만두고
아무것도 하고 싶지 않을 때도

내가 껴안지 않으면 당신은 사라지지요
길 건너편 숲조차도 사라지지요
등 맞대고 그물을 당기면서
다정한 이야기를 나누지 않는다면
그게 어디 여관이겠어요

내 당신이 그런 것처럼
모든 세상의 애인은 눈사람

여관 앞에서
목격이라는 말이 서운하게 느껴지는 건 그런 거지요

눈사람을 데리고 여관에 가요
거짓을 생략하고
이별의 실패를 보러

나흘이면 되겠네요
영원을 압축하기에는
저 연한 달이 독신을 그만두기에는

——「눈사람 여관」 전문

　"내가 껴안지 않으면" 사라져버릴 운명에 처한, 어떤
존재. "수북한 말"로 뒤덮인 이는 당신이다. 정말 그러하
다. 관계가 형성되지 않는 한 당신은 있지 않으며, 그런
당신을 '나'는 언제나 말로 완성한다. 이병률의 시 안에서
무수히 나타나 반복되는 '당신'은, 한 사람이 아닌 여럿이
다. 그 당신은 말로 다하지 못할 사랑이기도 하고 미움이
기도 하다. 하지만 아무것도 덧칠해놓지 않으면 그들은 결

국 눈사람이다. 시인은, 어쩌면 관계의 맨 처음, 가장 순수한 형태인 당신을 눈사람으로 여기는지도 모르겠다. 시간이 지나며 사라져버리는 존재. 그럼으로써 나 역시 휑뎅그렁하니 남게 만드는 존재. 그런 눈사람을 데리고 여관으로 가는 것이다. 모두가 객체가 되는 공간, 타인의 삶을 온몸으로 겪게 되는 슬픔의 처소로. 눈사람은 어느 한구석 사람을 닮은 데가 없으면서도 온전히 사라질 운명에 처해 있기에 슬프다. 그것이 가지고 있는 잠시의 운명은 바로 우리의 것이기 때문이다. 우리 역시 "수북한 말"로 뒤덮여 있으며 그렇게 "사라지"게 되는 까닭이다. 밥으로 대표되는 우리의 지금 순간을 다시금 떠올려보게 될 때, 관계의 모든 증명인 계약들을 파기한 채, 어떤 바람도 의심도 허무도 없이 시인은 눈사람을 데리고 여관으로 간다. 그것으로 충분하다. "등을 맞대고 그물을 당기"듯 서로의 존재를 느끼면서 "다정한 이야기를 나"눌 수 있기에. 그러므로 "모든 세상의 애인은 눈사람"이다. 열이 닿으면 녹아버리는 그 존재는 '나'로 인해 녹겠지만, 결국 나를 혼자이게 만드는 것은 나라는 역설이 완성되겠지만, 시인은 그 눈사람의 얼굴을 그려가며, 아무것도 칠해지지 않은 순백의 모습에 어떤 모습을 투영해가며 그 힘으로 살아가는 것이다. 그것은 잠시의 일이나, 동시에 영원이 되기에 충분하다. 그렇게 마음먹었기 때문이다.

지금 이 순간, 나는 단 한 명의 시인만 남겨둔다. 그럴 수밖에 없다. 그 일이 다른 누군가와 조금도 관계되지 않은 일이라는 인식이 달라졌다면 달라진 점이다. 그저 하얀 눈밭에 세워놓은 눈사람처럼, 한 사람의 시인이 녹고 있다. 무채색의 사람이다. 존재로 세계로 스스로의 몸을 만든 그런 사람이다.

문득, 나는 풀풀 날려 오는 눈을 생각한다. 보기만 해도 안다. 아 제법 오래 날리겠구나, 그렇게 쌓이겠구나 하고. 그게 그의 시이고 언어였구나 내게. 그래서 매번 그의 시를 볼 때마다 아주 근본적인 추억에 시달리게 되는구나, 없을 땐 그리워지는구나, 하는 것이다. 그렇다면 그의 시는 녹아 사라지는 것을 지향하는 것인지도 모른다. 사라지기 위해 날아와 마음이 올려놓은 담장 위로, 펼쳐놓은 길 위로 소복소복 쌓이는 것이구나. 두고 오래 있지 않기 위해서 그는 시를 쓰는 것이고 나는 그의 시를 읽는 것이구나. 그것이 그가 지키는 조용한 거리로구나. 돌아보지 않고도 사랑하는 방법이고, 온전히 이별하여 최초의 혼자로 돌아가는 길이구나. 사람으로 살아가는 방식이구나. 그는 그렇게 시인이 되는구나. 그래, 조금은 알겠다. 어둑어둑한 방 안에서 어떤 점멸들을 느끼며, 내가 쓸어본 느낌들. 그것은 남아, '있는 사람'이 적은 시였다. 나는 그렇게 이해하였다. 천천히 그의 시들을 읽으면서 나는, 그렇게 느꼈다. 그렇게 그가 왔다. 창문처럼, 낮은 구름처럼, 기억

이나 약속 같은 느낌처럼, 도로 사라져버릴, 그러나 사라
지지 않을 것처럼. 아무것도 덧칠하지 않은 순백의 언어의
목소리로.

　　물었습니다
　　이제 나는 가까이 있습니까

—「사랑」 부분